Patrick McDonnell   Das schönste Geschenk

Das schönste Geschenk

PATRICK McDONNELL

1. Auflage 2022

Dt. Erstveröffentlichung: Hoffmann und Campe Verlag, Hamburg, 2006
www.hoffmann-und-campe.de
Umschlaggestaltung: Chris Alt, Hamburg (www.chrisalt.com)
Umschlagillustration: © Patrick McDonnell
Deutsch von Mia Meyster
Druck und Bindung: Livonia Print, Riga
Printed in Germany
ISBN 978-3-455-01498-3

HOFFMANN
UND CAMPE

Ein Unternehmen der
GANSKE VERLAGSGRUPPE

Es war ein ganz besonderer Tag

und Mooch

wollte seinem besten Freund Earl ein Geschenk machen.

Aber was sollte er ihm nur schenken?

Er hatte einen Fressnapf.

Er hatte ein weiches Bett.

Er hatte einen Spielzeugknochen.

Er hatte einfach alles.

Mooch grübelte und grübelte.
Was konnte man jemandem schenken,
der schon alles hatte?

NICHTS!

Er würde ihm einfach nichts schenken.

Aber die ganze Welt war voller Dinge.
Wo gab es da wohl nichts?

»Es gibt mal wieder nichts im Fernsehen«,
sagte Frank oft zu Mooch.

Aber Mooch wusste genau,
dass es dauernd was im Fernsehen gab.

Doozy und ihre Freunde jammerten,
dass es rein gar nichts anzustellen gab.

Aber Mooch wusste genau,
dass sie dauernd irgendetwas anstellten.

Millie kam vom Einkaufen nach Hause und sagte:
»Ich habe nichts gefunden!«

Wenn das so ist, dachte Mooch und machte sich sofort auf den Weg zum Einkaufen.

SALE
€

Mooch suchte in jedem Gang, in jedem Regal.
Und er fand viele, viele, viele Sachen.

Das letzte Dies, das neueste Das …

aber nichts gab es nirgends, wie er bald feststellen musste.

Also ging Mooch wieder nach Hause

und setzte sich auf sein Kissen

und saß nur still da (was bei Katzen häufig vorkommt).

Und als er gar nicht danach suchte, fand er es.

Nichts.

Er holte einen Karton hervor

und tat nichts hinein.

Hmmm …, dachte Mooch.

Eigentlich hat Earl etwas mehr verdient.

Er nahm einen größeren Karton.

»Das ist jetzt aber eine ganze Menge Nichts!«

»Für mich?«, fragte Earl.
»Du musst mir doch nichts schenken, Mooch.«

Woher weiß er das?, dachte Mooch.

Earl machte Moochs Geschenk auf.

»Da ist nichts«, sagte Earl.

»Genau!«, sagte Mooch. »Nichts …«

»nur du und ich.«

Und so saßen Mooch und Earl ganz still da

und genossen nichts

und alles.

Patrick McDonnell hat sich als Comic-Zeichner einen Namen gemacht. *Das schönste Geschenk* ist sein erstes Bilderbuch, das in den USA sofort nach Erscheinen die New-York-Times-Bestsellerliste eroberte. Er lebt mit seiner Frau Karen, seinem Hund Earl und seiner Katze MeeMow in New Jersey. Seine Website lautet: www.mutts.com